AF358860

Coup d'œil

sur les

Lettres françaises

ARTHÈME FAYARD & CIE, ÉDITEURS, PARIS

18-20, rue du Saint-Gothard, 18-20

Coup d'œil

sur les

Lettres françaises

ARTHÈME FAYARD & CIE, EDITEURS, PARIS
18-20, rue du Saint-Gothard, 18-20

AVANT-PROPOS

✢ ✢ ✢

COUP D'ŒIL SUR LES "*ŒUVRES LIBRES*"

C'est déjà un signe des temps qu'un recueil français ait cru devoir adopter ce titre et ait eu, en effet, les plus sérieuses raisons de le faire.

Je crois que, dans l'opinion du Monde entier, une œuvre française est essentiellement une œuvre libre.

Il en a été ainsi de tout temps. On pourrait dire que notre seizième siècle a été stupéfiant d'audace, si notre dix-septième n'offrait, chez ses plus grands écrivains, et notamment chez ceux qui ont le plus approché la Cour et eu l'oreille du Roi, l'exemple d'une indépendance et d'une hardiesse de pensée dont on retrouvera difficilement l'analogue dans la suite. Le courage de la pensée chrétienne chez Bossuet, celui de la pensée chez Descartes et Pascal, celui du moralisme chez La Bruyère, pour peu qu'on s'y penche, font frémir ceux de nos naïfs contemporains qui se croient libérés par la Révolution française, et la franchise d'un Vauvenargues, d'un Voltaire, d'un Diderot, d'un Laclos, n'est en somme qu'héritée de leurs pères.

— 3 —

Il a fallu qu'un nuage singulier passât et, hélas, s'établît sur notre ciel, à la suite des troubles de la Révolution et de l'Empire, pour que notre allure nationale, qui allait de la gaillardise à la liberté de pensée, subît une contrainte, devînt pour le moins timorée, et atteignît une sorte de puritanisme qui nous va comme une perruque de juge anglais ou un prêche volant établi au coin de la rue où nous avons l'habitude de voir le marchand de marrons. Aujourd'hui, il est vrai, il n'est que juste de reconnaître qu'une littérature dégoûtante a fait se réfugier nombre d'honnêtes gens ennuyés dans la pudibonderie. Voici plus de vingt-cinq ans que j'ai écrit au début d'un livre : « Plus sûrement qu'un régime oppressif, les succès nous raviront la liberté même... » C'est à quoi nous serions à peu près arrivés si...

Si Arthème Fayard — qui a sauvé la plupart des écrivains de ma génération par son roman littéraire mis à la portée de tous, et qu'il faut citer hautement comme un exceptionnel bienfaiteur des lettres — si Arthème Fayard n'avait eu, encore une fois, l'idée la plus heureuse : celle de rendre leur liberté aux romanciers et nouvellistes en donnant au public la garantie que les limites du goût français ne seraient pas dépassées.

On a fait un magnifique accueil aux Œuvres Libres entre autres motifs, parce que cette publication répond à notre goût pour les coudées franches et à notre instinctive aversion pour les goujats.

En somme, on jouit aux Œuvres Libres un peu de cette liberté, au nom malheureusement vieilli, mais autrefois si charmante et qui était la grâce des gouvernements non ennemis du plaisir de vivre et en même temps fort jaloux de leur autorité.

Je crois que cette façon de concevoir la direction d'un périodique aura sur nos lettres — et c'est déjà fait — un résultat que nous n'estimons peut-être pas encore autant qu'il le mérite. Le jour où des esprits reposés — s'il en est jamais ! — s'adonneront à l'examen attentif des écrits de notre temps, s'ils étudient un auteur en ses œuvres de jeunesse, c'est-à-dire écloses à une date où l'écrivain est plus frondeur que docile, où sa personnalité est quasiment vierge, s'ils comparent ces ouvrages de début avec ceux que le même écrivain a exécutés une fois enrichi de ce qu'on appelle du nom dérisoire de « consécration littéraire », ils seront frappés de l'affaissement d'une ligne qui eût dû être ascensionnelle : la courbe de son talent ou de son génie. Un tel point de vue, j'en suis convaincu, serait fécond en remarques aussi instructives que surprenantes. C'est que l'écrivain, nanti d' « un public », d'une ou de toutes les « grandes revues », de « relations », enfin d' « honneurs officiels » est un peu tel que l'enfant — presque toujours génial, — qui commence à être « bien élevé », c'est-à-dire à ne plus choquer personne, à être jugé « exquis », c'est-à-dire pareil à tous, c'est-à-dire étouffé dans le moule public, c'est-à-dire non pas crétin — car il est peut-être salutaire que la masse des petits messieurs soit ainsi — mais c'est-à-dire ayant tout perdu de ce qui faisait de lui un « gosse étonnant », un « numéro ».

Un écrivain c'est un « numéro ». C'est un « gosse étonnant » qui se survit. Il faut le laisser faire quelque tapage, commettre au besoin des incartades : la fusée du génie ne part que lorsque la foule s'est écartée à bonne distance. Et je soutiendrai, pour terminer, ce paradoxe, que la littérature, considérée tant du point de vue de la morale que du point de vue de la nation, n'a pas à se mettre à la portée des humbles consciences mais des plus grandes âmes mâles et fortes. Qu'on dise : la littérature est une chose et la vie en est une autre. Rien de plus sain provisoirement. La littérature et la vie, comme l'art et la morale, se rejoignent mais plus haut.

René **BOYLESVE**,

de l'Académie Française.

Cette préface est le dernier écrit dû à la plume du regretté René BOYLESVE

I ne se faut jamais plaindre d'avoir trop d'amis et, certes, nous ne demanderons pas au Seigneur de nous préserver de ceux que nous avons. Nous ne demandons même qu'à nous en charger. Non que ce soit une petite tâche. Mais elle est de celle que l'on entreprend d'un cœur léger.

Aussi, pour nous prouver capables de bonnes amitiés, essaierons-nous dans cette brochure de dire à tous nos fidèles nos projets, nos désirs, et même quelques-uns de nos secrets, et de leur expliquer les raisons de nos actions passées.

C'est au Public que nous nous adressons. Au Public tout entier. Une vaine légende a voulu le diviser en « gros Public » et en « élite », qui n'auraient point de goûts communs et qui resteraient impénétrables l'un à l'autre. Cette distinction ne vous semble-t-elle pas spécieuse ? Ne vous paraît-il pas qu'une passion plus forte que toutes les autres, le goût de la lecture, unit tous les lecteurs entre eux et les rend assez semblables ? Certes, les uns lisent Bergson, les autres Paul Féval. Il s'agit pour un éditeur de donner à chacun la meilleure qualité de ce qu'il aime.

C'est à cette fin que nous répandons nos efforts vers des publications et des collections nombreuses. Un éditeur qui publie uniquement des in-18 croit avoir fait, lorsqu'il a dépensé des trésors de subtile publicité, tout ce qu'il était humainement possible pour répandre ce volume et le disperser aux foules. Un jour vient où la vente de ce livre se meurt, et la publicité est impuissante à la ranimer. Cet éditeur pense alors que tout est consommé, que l'ouvrage en question a atteint le maximum de ses lecteurs, que personne n'est destiné à l'aimer parmi les autres.

Pas du tout. Un an plus tard ce même roman paraît dans le *Livre de Demain*. Comme s'ils surgissaient du sol, cent mille nouveaux lecteurs arrivent en rangs pressés, deux cent mille peut-être un peu plus tard. Autant d'amis nouveaux recrutés pour ce livre, de vrais amis et qui l'aimeront. Dans la *Modern Bibliothèque*, le *Jardin de Bérénice*, de Barrès, a eu trois cent mille lecteurs. N'est-ce pas un joli rôle d'ambassadeur qu'une collection joue en cette circonstance ?

C'est cette tâche que nous nous sommes proposée. Le livre ordinaire ne peut suffire aux lecteurs : il est cher. Comme il en paraît infiniment trop, il y a toujours un risque à l'acheter, car rien ne *garantit* sa valeur (car vous ne tenez pas la petite bande rose ainsi libellée : *Le chef-d'œuvre de tous les siècles. Un livre d'amour plus beau et plus passionné et encore plus émotionnant que Manon Lescaut*, pour un infaillible garant, pas même de la pureté du style). La critique ? On ne peut suivre la critique de tous les volumes, et la critique elle-même est faillible. Seules, une revue, une collection, qui ont trouvé un public fidèle, peuvent *répondre* auprès de lui de ce qu'elles proposent. Alors, si l'in-18 demeure — et demeurera sans doute encore longtemps — le moyen le plus normal de première présentation d'un livre, du moins devons-nous nous efforcer de combler ses lacunes en lui adjoignant des collections moins chères, mieux présentées, plus sévèrement choisies.

*

Pour parvenir à ce but, nous usons de nombreux moyens.

1° *L'in-18* ordinaire qui, nous le disions, reste presque seul à pouvoir publier de l'inédit.

2° Une revue-recueil à la formule originale, *Les Œuvres Libres*, ne publiant que de l'inédit.

3° Trois collections littéraires à bon marché : *Modern Bibliothèque*, *Modern Théâtre*, *Le Livre de Demain*.

4° Une collection classique à très bon marché, *Les Meilleurs Livres*, à 50 centimes.

5° Deux collections populaires : *Le Livre Populaire* et *Les Maîtres du Roman Populaire*.

6° Deux journaux d'enfants : *La Jeunesse Illustrée* et *Les Belles Images*.

7° Une collection scientifique de vulgarisation : *Les Mystères de l'Univers*.

8° Un hebdomadaire littéraire : *Candide*.

Donnons à tous quelques détails sur ces publications : au Public ; aux écrivains eux-mêmes ; aux libraires qui restent, dans notre tâche, les plus fidèles de nos collaborateurs. Ils ont tous droit à recevoir nos secrets.

Bois de Foujita.

Extrait du *Roi Pausole.*
(Collection du LIVRE DE DEMAIN)

I

L'IN-18 ET L'INÉDIT

C'EST le premier contact de l'œuvre avec le public (car il est difficile de reconnaître le succès ou l'échec d'une œuvre dans une revue). Nous tenons qu'il ne faut pas publier des romans trop nombreux, afin d'être sévère dans son choix. Ceci nous a évité de tromper notre clientèle. Aujourd'hui, un acheteur indécis peut hardiment prendre un volume portant notre firme. Il est certain, non pas, hélas, que le livre lui plaira

(comment promettre d'avance une chose si objec-
tive !) mais qu'il est en présence d'une œuvre
de valeur. Et c'est l'essentiel. Nous nous effor-
çons même, pour guider son choix avec plus de
précision, de faire dans l'*in-18* des collections,
telles : Les Grandes Etudes Historiques ; Le
Roman dans l'Histoire. L'acheteur sait de plus
en plus où il va. Il ne prend plus un volume
au hasard, comme le voyageur pressé dans
une gare.

Nous avons publié en 1925 :

Un Roman de Louis Bertrand, *Jean Perbal.*

Un Roman de Myriam Harry, *La Vallée des
Rois et des Reines.*

Un Roman d'Auguste Bailly, *La Vestale.*

Un Roman de Frédéric Boutet, *L'Ile de Noce
ou Les Sept nuits de Valentine.*

Un Roman d'Elissa Rhaïs, *L'Andalouse.*

Un Roman de René Benjamin, *Valentine ou
la Folie démocratique.*

Deux Romans de Maurice Duplay, *Nos
Médecins, La Femme de César.*

Un Roman d'André Reuze, *Le Tour de
Souffrance.*

Un Livre d'Alfred Dumaine, *Choses d'Allemagne.*

Un Livre de Mermeix, *La Mort de Syveton.*

Un Roman de Max Begouën, *Les Bisons d'argile.*

Le *Roman dans l'Histoire* a publié un nouveau livre d'Octave Aubry sur le grand amour de Napoléon : *Marie Walewska.*

Les *Grandes Etudes Historiques* ont donné une suite aux deux succès impressionnants du *Louis XIV*, de Louis Bertrand, et de *l'Histoire de France*, de Bainville ; *l'Histoire d'Allemagne*, de Charles Bonnefon.

Tous ces volumes ont un double mérite : qualité littéraire, réussite auprès du Public. Aucun dont on puisse dire qu'il est médiocre, ou qu'il ait « fait un four ».

En outre, nous avons publié un volume de luxe : *Dans le Monde où l'on s'abuse*, de Jean Fayard. Ce beau volume à tirage limité, sur papier du Marais, illustré par Guy Arnoux, Marty, Sem, Chas-Laborde et de lettres ornées de Bernard Naudin, a fait l'admiration des bibliophiles.

Et voici nos projets pour 1926 :

Un Roman de Louis Bertrand.

Un Roman de Myriam Harry sur les Druses.

Les Contes et Proverbes, de Gérard d'Houville.

Par la voie de la musique, Roman d'Elissa Rhaïs.

L'Amour en été, Roman de Frédéric Boutet.

Trois quarts de Monde, Roman de Jean Fayard.

Un Roman de Jeanne Ramel-Cals.

Michel-Ange et autres nouvelles florentines, de Dmitri Merejkowsky.

Un Roman de Louis Léon-Martin.

Un Roman de Auguste Bailly.

Un Ouvrage de Boni de Castellane sur l'Art de se tirer d'affaire dans la vie.

Le *Roman dans l'Histoire* publiera un remarquable ouvrage sur *Casanova*.

Les *Grandes Etudes Historiques* se poursuivront par :

Une Histoire Romaine, de Mermeix.

Une Histoire de l'Ancien Régime, de Frantz Funck-Brentano.

Une Histoire de l'Eglise, de Robert Havard de la Montagne.

Une Histoire de la Révolution, de Pierre Gaxotte.

Sans jouer au prophète, et sans gros risque de se tromper, on peut prévoir le succès pour chacun

de ces livres. Que nos nombreux amis le sachent :
nous ne publierons aucune œuvre médiocre.

Il nous a paru intéressant de donner au Public français la traduction du fameux *Tarzan of the apes (Tarzan chez les Singes)* qui a connu un succès incroyable en Angleterre et en Amérique. C'est un roman d'aventures fort curieux qui ne peut manquer de passionner ses lecteurs.

Nous lui donnerons un prix inférieur et une autre présentation qu'à nos in-18 ordinaires, pour ne pas tromper l'acheteur qui demanderait une œuvre essentiellement littéraire. Nous croyons qu'elle plaira à tous ceux qui aiment les beaux romans d'aventures.

Bois de Roger GRILLON.   Extrait de l'*Aventure de Thérèse Beauchamps.*
(Collection du LIVRE DE DEMAIN)

II

LES ŒUVRES LIBRES

NON seulement les *Œuvres Libres* consti-
tuent — et de beaucoup — la Revue qui
a le plus fort tirage en France, mais
elles ont encore acquis, en quatre années, une
grosse importance littéraire. Quelle sorte d'efforts
nous a conduits à ce but ? Commercialement, le
principe qui consiste à ne pas « voler » le Public,
mais à le combler. Pour 6 francs, les *Œuvres Libres*

continuent à donner la matière de trois volumes ordinaires à 9 francs ; c'est un tour de force qui étonne les spécialistes eux-mêmes. Littérairement, nous publions dans les *Œuvres Libres* des œuvres d'écrivains classés, dont le mérite reconnu donne son poids au recueil même ; cela seul nous permet de leur adjoindre des inconnus de talent, qui touchent d'emblée un nombre de lecteurs inespéré et qui voient immédiatement leur nom consacré. Nous publions encore des écrivains étrangers, soit des noms déjà célèbres en France et dont les admirateurs attendaient impatiemment telle œuvre non encore traduite (comme nous avons fait pour Dostoïewski et Tolstoï), soit des étrangers inconnus ici et qu'il y avait intérêt à révéler aux lettres françaises (tels Aharonian ou Scolem Aleichem). Enfin, dans chaque numéro, un reportage de grande envergure, ou « *choses vues* », donne aux *Œuvres Libres* un caractère souhaitable d'actualité et de vie.

Au bout de quatre années donc, on peut juger de l'influence des *Œuvres Libres* sur la littérature contemporaine.

Les écrivains, enfin libres, peuvent ne plus se soucier d'un puritanisme discret ; ils ne font pas de libertinage ni de pornographie, bien loin de là. Mais leur art n'est plus gêné par un absurde besoin de convenances ; ils ne sont plus obligés d'écrire *tambour* pour *amour* ni *amie* pour *maîtresse*. Ils ont le droit d'appeler les choses par leur nom. Et avouons que c'était un des plus légitimes parmi leurs besoins. Peut-être aujourd'hui même les *Œuvres Libres* seraient-elles la seule grande Revue qui publierait *Madame Bovary*. C'est appréciable.

Les *Œuvres Libres* ont renouvelé un genre typiquement français : celui de la longue nouvelle, ou du roman court. Les Russes ou les Anglais préfèrent le roman long. Chez nous, combien de chefs-d'œuvre sont des nouvelles : *Candide, Gil Blas, René, Adolphe, l'Abbesse de Castro, le Curé de Tours, Carmen, le Petit Chose, Pierre et Jean, Bel Ami, Paludis*, et tant d'autres !

Beaucoup d'écrivains sont des nouvellistes. S'ils veulent faire un roman, ils risquent de délayer un beau sujet qui demande un court développement.

Henri Duvernois avec *Morte la Bête* et la *Fugue*, Pierre Mille avec la *Détresse des Harpagons*, Binet Valmer avec *Une Morte*, Jean-Louis Vaudoyer avec *Raymonde Mangematin*, nous ont peut-être donné leurs œuvres les plus réussies.

Qu'on nous permette de rappeler quelques succès des *Œuvres Libres* au cours de l'année 1925.

Des Romans, des Études ou des Essais de :

Maurice Maëterlinck, Léon Daudet, René Boylesve, Charles Maurras, etc.

Des Chefs-d'œuvre étrangers de :

Rudyard Kipling, Féodor Dostoïewski, Léon Tolstoï, V. Blasco Ibañez, etc.

Des Pièces de théâtre de :

H.-R. Lenormand, Léon Tolstoï, Jules Romains, Luigi Pirandello, Jacques Natanson, Maurice Donnay, Emile Mazaud, Henri Duvernois et Max Maurey, Alfred Savoir et Régis Gignoux, etc.

Des Choses vues de :

Louis Bertrand, Stéphane Lauzanne, Jules Sauerwein, André Foucault, Frédéric Boutet, Boni de Castellane, Marcel Boulenger, etc.

Des Nouvelles ou des Romans :

Henri Duvernois, Francis de Miomandre, Maurice Leblanc, Auguste Bailly, Charles-Henry Hirsch, Maurice Rostand, Jean-Louis Vaudoyer, Ernest Pérochon, J.-H. Rosny aîné, Binet-Valmer, Pierre Mille, Louis Léon-Martin, Marie-Louise Pailleron, Pierre Dominique, Maurice Duplay, Lucie Delarue-Mardrus, Robert

Dieudonné, Jeanne Ramel-Cals, Claude Anet, André Lichtenberger, etc.

Nous avons révélé à un nombreux public français :

Karen Bramson, A. Aharonian, Scolem Aleichem, Charles-Théophile Féret.

Nous n'avons pas négligé les jeunes en ouvrant largement nos portes aux écrivains de talent :

Paul Haurigot, Jacques Natanson, Franz Hellens, Pierre Bost, Pierre Dominique, Claude Chauvière, etc.

Ce palmarès prouvera éloquemment :

Notre éclectisme ;

Notre fidélité à la ligne de conduite que nous nous sommes tracée.

Nous ne pouvons pas faire part à nos lecteurs d'une manière précise de nos projets pour 1926. Qu'ils soient avertis que nous redoublerons d'efforts pour les contenter et ne leur laisser rien ignorer d'intéressant.

Bois de RENEFER.

Extrait du *Peuple de la Mer*.
(Collection du LIVRE DE DEMAIN)

III

NE parlons pas ici de *Modern Théâtre* et de *Modern Bibliothèque,* collections depuis longtemps célèbres et dont le succès ne se dément pas en dépit des ans. Mais nous avons cessé d'y ajouter des œuvres nouvelles, pour nous consacrer au *Livre de Demain,* dont la présentation convient davantage au goût moderne. Depuis son apparition, le succès du *Livre de Demain* ne s'est pas démenti. Un auteur célèbre, et qui nous y a donné un de ses romans, nous exprimait dernièrement sa satisfaction de voir que la publication de son livre dans notre collection lui avait assuré un second groupe de lecteurs nouveaux et infiniment nombreux, qu'il n'avait pu toucher avec l'édition in-18.

Indépendamment de sa présentation, de la qualité de son impression et de son papier, le *Livre de Demain* se recommande par le choix très strict qui lui donne douze nouveaux titres par an et douze illustrateurs de talent.

En 1925, nous avons publié : *La Belle-Enfant,* d'Eugène Montfort, illustré par Daragnès.

Les Amants tourmentés, de Marcelle Vioux, illustré par Renefer.

Confession de Minuit, de Georges Duhamel, illustré par Hermann Paul.

Tragiques Remous, de Paul Bourget, illustré par Jeanniot.

M. Bille dans la Tourmente, de Pierre Villetard, illustré par Pierre Falké.

Trois Contes, de Gustave Flaubert, illustré par Lebedeff, Lemeilleur et Deslignères.

Gisèle, d'Henri Duvernois, illustré par Berthe Marx.

La Divine Chanson, de Myriam Harry, illustré par Hallo.

Grandgoujon, de René Benjamin, illustré par Roubille.

L'Inconstante, de Gérard d'Houville, illustré par Gérard Cochet.

La Fée de Port-Cros, d'Henry Bordeaux, illustré par Renefer.

La Femme de Personne, de Claude Chauvière, illustré par Hermann Paul.

En 1926, nous publierons :

Les Aventures du Roi Pausole, de Pierre Loüys, illustré par Foujita.

La Randonnée de Samba Diouf, de Jérôme et Jean Tharaud, illustré par Pierre Falké.

Le Peuple de la Mer, de Marc Elder, illustré par Renefer.

La Brière, d'Alphonse de Chateaubriant, illustré par Creston.

La Fin d'un beau jour, d'Edmond Jaloux ;

La Victime expiatoire, d'André Corthis, illustré par Hermann Paul.

Quand la Terre trembla, de Claude Anet, illustré par Lebedeff.

Le Reflet de Claude Mercœur, de Fréd. Boutet.

Le Baiser au lépreux, de François Mauriac.

Et des romans d'Henry Bordeaux, de Louis Bertrand, d'André Beaunier. La valeur artistique de cette collection (la liste des graveurs le prouve) est très grande. On constate déjà l'influence que le *Livre de Demain*, en donnant à la gravure sur bois une nouvelle vogue, a eue sur la bibliophilie elle-même. Et il ne manque à ces volumes, pour atteindre de hauts prix, que d'être tirés à 27 exemplaires. Hélas ! ils tirent davantage.

Bois de Guy Arnoux.   Extrait du *Séducteur*.
(Collection du LIVRE DE DEMAIN)

IV

Les *Meilleurs Livres* poursuivent leur digne et brillante carrière. Il s'agissait de donner aux lettrés peu fortunés, à ceux qui voulaient relire un de leurs chefs-d'œuvre favoris, ou encore de faire connaître à un large public les œuvres maîtresses de la littérature de tous les temps. Lancée en 1912, cette Collection, qui comporte maintenant 350 titres, approche de son but ; et chaque année la verra s'enrichir davantage.

1925 y a vu paraître :

La Vendetta, de Balzac.
Les Méditations politiques, Jocelyn, Gra-
ziella, de Lamartine.
Carmosine, d'Alfred de Musset.
Le Phédon, L'Apologie de Socrate, Le
Criton, de Platon.
L'Introduction à la vie dévote, de Saint
François de Sales.
Les Chroniques italiennes, de Stendhal.

1926 leur ajoutera :

De nouveaux Lamartine.
Les Lundis, de Sainte-Beuve.
Le Rouge et le Noir, de Stendhal etc.

Cette Collection d'un prix étonnant de bon marché (50 centimes le volume) n'en donne pas moins des textes établis avec soin par des spécialistes et, pour les ouvrages étrangers, la meilleure traduction française connue, comme pour les *Dialogues* de Platon, où la traduction de Cousin nous a paru être indiscutablement la plus élégante et la plus fidèle.

Bois de Pierre FALKÉ.

Extrait de *Samba Diouf*.
(Collection du LIVRE DE DEMAIN)

V

LE *Livre Populaire* et les *Maîtres du Roman populaire* poursuivent une enviable carrière. Le cinéma a donné une nouvelle actualité à des romans populaires classiques, tels *Surcouf, Le Bossu,* et, indépendamment d'un public spécial, ces œuvres ne sont pas sans intéresser les lettrés, qui trouvent, dans des romans d'aventures vivants et bien faits un délassement à des lectures plus ardues.

VI

NOS journaux d'enfants, la *Jeunesse Illustrée* et les *Belles Images* continuent d'intéresser les petits, et même les assez grands. Nous pouvons les assurer de nos efforts pour leur plaire davantage, et assurer également les parents soucieux de leur saine éducation de ne leur donner que des lectures saines, utiles à la formation morale ou intellectuelle.

Bois de LEBEDEFF.   Extrait de *Quand la terre trembla*.
(Collection du LIVRE DE DEMAIN)

VII

UNE collection que nous avions entreprise avant la guerre, la Collection des *Mystères de l'Univers*, et où les livres de l'abbé Moreux avaient connu un franc succès, va reprendre sa publication après une longue interruption.

Il fallait, pour ce « second début », des ouvrages marquants et qui, en dehors de leur intérêt de vulgarisation, plairaient aux initiés eux-mêmes. Nous croyons contenter tout le monde avec les titres suivants annoncés pour 1926.

La Vie des Montagnes, par de Launay, membre de l'Institut. *Mars*, par le célèbre astronome M. Bigourdan. *Les Ondes sonores*, par Le Corvec (qui est le pseudonyme d'un membre important de l'Institut océanographique). *Les Volcans et les Tremblements de terre*, par de Launay, membre de l'Institut.

VIII

ET maintenant, *Candide*.

Nous ne le présenterons pas. Chacun connaît maintenant le Grand hebdomadaire.

Mais profitons seulement de l'occasion qui nous est offerte de bavarder avec nos lecteurs.

Nous voulions faire un hebdomadaire parisien.

La chronique de Pierre Veber, les articles de Sacha Guitry, les échos innombrables et assez mordants, sur la politique, sur les milieux mon-

dains, demi-mondains ou littéraires, la page du
théâtre qui surpasse les journaux spéciaux eux-
mêmes, donnent à *Candide* cet inimitable cachet.

C'est un journal littéraire.

Candide a donné des nouvelles et des contes
de René Boylesve et Henry Bordeaux, de l'Académie française, d'Henri Duvernois, de Myriam
Harry, d'André Corthis, d'Edmond Jaloux, de
Paul Morand, de Gaston Chérau, de J.-H. Rosny
aîné, d'Henry de Montherlant, de Binet-Valmer,
de Charles-Henry Hirsch, de Frédéric Boutet,
de Jean Cassou, de Pierre Dominique, de
Pierre Villetard, Pierre Bost, de Louis Léon-
Martin, etc., etc., de tout ce qui porte un nom
(à bien peu d'exceptions près) dans les lettres françaises d'aujourd'hui, qu'ils soient « arrivés »,
« jeunes » ou... académiciens. Nous avons encore
publié Tolstoï, Dostoïewsky, Jack London,
Rudyard Kipling, Avertchenko.

Nos lecteurs auront lu dans nos colonnes des
pièces de Jules Romains, de Tristan Bernard,
de Pierre Wolff.

La critique dramatique est faite par Lucien
Dubech, la critique musicale par Emile Vuillermoz,
la critique d'art par Pierre du Colombier ; nous
avons une chronique bibliographique de Clé-

ment Janin ; la critique littéraire est tenue par Gérard d'Houville et Auguste Bailly.

Près de deux pages sont consacrées à la semaine littéraire ; il y a des articles de Paul Bourget, de la Comtesse de Noailles, de Jacques Bainville, de Paul Souday, de Léon Daudet, de Tristan Derème, de Benjamin Crémieux, d'André Maurois, d'Edmond Jaloux, de Fernand Gregh, d'Albert Thibaudet, etc., etc.

Notre éclectisme est garant de notre impartialité et nos lecteurs sont certains d'avoir dans *Candide* un reflet fidèle du mouvement littéraire.

Nous voulions faire un journal vivant.

N'était-ce pas de la vie, et la plus brillante, que l'article de Stéphane Lauzanne sur Washington, de Paul de Korab sur Locarno, d'Odette Pannetier sur Deauville, de Jacques Bainville sur le franc, d'Edmond Helsey sur le drame de la rue Damrémont, de René Benjamin sur le procès Daudet, d'André Foucault sur le Maroc, et tant d'autres ? N'était-ce pas la vie même, sous toutes ses formes les plus actuelles, les plus diverses et les plus variées ?

Nous avons donné en outre un roman dialogué de Frédéric Boutet qui, notre courrier nous l'a prouvé, a beaucoup plu.

Chaque numéro est égayé par des caricatures, par des dessins d'Hermann Paul et de Jehan Sennep qui ont fait grand bruit. La page de théâtre fait appel à des dessinateurs tels que Sem, Don, Ex, Bib, Bouet, Cappiello.

Enfin, nous faisons des surprises à nos lecteurs.

En 1925, deux concours.

Le concours des Etoiles de cinéma, qui distribua 115.000 francs de prix.

Et un concours de mots croisés.

Nous continuons à donner des morceaux de musique, choisis parmi les plus récents succès, et des mots croisés, qui sont certainement les meilleurs et les plus difficiles, à l'occasion, de toute la presse française.

Nous donnons, dans chaque numéro, deux francs de bons-primes qui s'échangent contre des marchandises d'une qualité reconnue.

Il ne nous est guère possible de donner ici avec précision nos projets pour 1926. Tout journal est trop enchaîné aux faits pour rien prévoir avec trop de rigueur. Que l'on sache seulement que nous préparons un gros effort sur *Candide*.

Oui, malgré les compliments trop indulgents

de certains de nos lecteurs, nous croyons pouvoir le rendre encore plus intéressant, plus vivant, plus amusant.

Et qu'il nous soit permis de dire aux amateurs de concours qu'ils n'auront pas à regretter cette année leur fidélité à *Candide* et qu'ils seront, eux aussi, bien dotés.

Candide a pris une place, une place importante dans la vie française, sa position politique est très ferme — et cependant assez frondeuse pour justifier son titre.

FONTENAY - AUX - ROSES
IMP. L. BELLENAND ET FILS
35-311